Hein Blomberg

So weer dat in de Wiehnachtstiet

Quickborn-Verlag

Die plattdeutsche Schreibweise
ist unverändert vom Autor übernommen worden.

2. Auflage 1999

ISBN 3-87651-201-8

Umschlaggestaltung: rellesch concept, Hamburg
Fotos auf dem Umschlag: Privatarchiv Blomberg
Gesamtherstellung: Clausen & Bosse, Leck
Der Umwelt zuliebe
auf chlorfreigebleichtem Papier gedruckt
und nicht eingeschweißt
Printed in Germany

Inhalt

De Rummelpott 9
Schollenspringen 13
Schaufenster bekieken 16
Bi'n Bund der Kinderreichen 19
Peer beslogen 22
Uns Wiehnachtsmann 26
De dritte Goornweg 30
Elektrische Wiehnachten 33
De Poppenspeeler 37
Dat Wiehnachtspaket 41
Die Hirten auf dem Felde 44
Dat Wiehnachtsbook 47
De Blockwogen 50
De Wiehnachtsdisch 53
In Modders Backstuuv 56
De Dampmaschin 59
Wintertiet 62

De Donbaßfeigen 65
As ick mol
de Wiehnachtsmann weer........... 68
De Holtlokomotiv................. 71
De Dannenboom.................. 74

To'n Andenken
an mien Schwester Lene

De Rummelpott

Wiehnachten, jo dat weer de Tiet, wo wi Kinner uns am meisten op freien. Wi harrn ober keene Ohnung, wi swoor dat för uns Öllern weer, för jeden vun uns wat för den Bunten Teller to köpen. Un so geev dat meist ni so veel. Dorüm sünd wi, as vele Kinner ut uns Viddel ok, mit den Rummelpott loslopen.

Den Rummelpott hett Vadder uns mokt. Bi Schlachter Hutloff in de Howaldtstroot hebbt wi uns ne Swiensbloos holt un de hett he denn stramm över ne Blechdoos spannt. In de Mitt vun de Bloos harr he een kotten Reetstock fasttütert, de ne Hannbreet no boben rutkeek. Vadder meen, wi müssen tum Utprobeeren erst in de Hüser vun uns Viddel anfangen. Ober dat wöör ni recht wat, denn dor wohnten jüst so ’ne armen

Lüüd, as wi dat weern. De möken blots de Döör kort op un denn fix wedder to, as se uns to sehn kregen.

Wi vertellen in unsre Klass, dat wi dor nix kregen hebbt. »In uns Viddel, dor warrt ji nix«, sään de annern, de dat al sülben versöcht harrn. »Ji mööt dorhin gohn, wo de rieken Lüüd wohnt«.

Glieks an den Obend sünd mien Schwester Gertrud, mien Broder Herbert un ick tosomen no Düsternbrook marscheert. Dat weer dat beste Viddel in Kiel un dor sull dat jo wohl klappen. So stünnen wi ganz opgeregt in een Treppenhuus. Mien Broder hett an de erste Döör kloppt, un ick heff glieks in de Hann spuckt, dormit se natt wöör. So kunn ick beter an den Stock op un dol schüern un dat hett ornlich in den Pott rummelt.

As de Döör opgüng un de neeschierigen Lüüd rutkeken, hebbt wi gau anfungen to den Rummelpott to singen:

»Jule, mook de Döör op,
de Rummelpott is dor.
Lot uns ni to lang stohn,
denn wi mööt noch wieder gohn.
Olsch mit de Lücht kann ni in Bett
finn',

fallt mit de Nääs in Kellerloch rin.
Kellerloch is to deep,
fallt mi de Nääs in Seep.
Seep is to düer,
fallt mi de Nääs in't Füer,
Füer is to hitt,
fallt mi de Nääs in Kitt,
Kitt is to wabbelich,
de Olsch is veel to zappelich.«

As se uns een Appel, een poor Nööt oder een poor brune Koken in uns Büddel stoppt harrn, sünd wi wiedertrocken. Ok an de annern Dören hett dat meist klappt. Eene Fru fröög, of wi ni rinkomen kunnen. Ehr lütten Söhn leeg krank in'n Bett un würr sick freien, wenn wi em wat vörsingen kunnen. Dat hebbt wi geern mokt. He hett över dat ganze Gesicht strohlt, as wi vör em stünnen un Wiehnachtsleder sungen hebbt. Siene Modder meen bi'n Rutgohn: »Velen Dank, ji hebbt uns eene grote Freid mokt. Nu hett mien Jung ok noch een beten vun de Wiehnachtstiet mitkregen.«

Wi harrn veel Spoß bi dat Rummelpottlopen, un de Lüüd hebbt sick freit, as wi kemen. So hett uns dat ornlich wat inbröcht, denn de Büdel weer vull, as wi wedder nu Huus güngen. Dorum glööv ick ok, dat keen een markt hett, dat dat mit unsre Sangeskunst ni ganz so wiet her weer. Un wo sullen se ok, denn an all de kritischen Stellen vun een Leed heff ick immer extra luut rummelt.

Schollenspringen

Richtig Winter, so mit Schnee und Ies, dat weer immer wat Schönes för uns Kinner. Dor weern wi ni mehr to holen un wullen rut op de Stroot. An'n levsten hebbt wi uns Hackern mokt, dat weern Schlitterbohnen op'n Footweg. Dorto müssen wi vör een glatte Stell ornlich Toloop nehmen un denn mit Schwung mit uns Winterstevel doröverglitschen. Wenn wi dat een poor Mol mokt harrn, geev dat ne schöne, glatte Iesbohn. Man, wat kunn man denn goot hakkern.

De groten Lüüd wullen uns immer den Spooß verdarben. Se meenen, wi sullen dat dor moken, wo de Peer goht. Dor güng dat ober ni, denn op de groten Koppsteens kunn man ni hackern, ohn dorbi hintofallen. »De Groten bruukt jo ni op unsre Hakkern to gohn, nevenbi is doch noch noog Platz«, meenen wi. Dat wullen se ober ni hören. Un as de ole Oma Heinze ut'n Naverhuus sick dor bös op den Achtersten sett hett, sünd se dorbi gohn un hebbt Solt un Asche op uns schöne Hacker streut.

Wi wullen dat ni insehn un hebbt uns an annern Dag wedder nüe Hackern mokt. An Obend hebbt wi denn een beten Schnee doröverstreut, so dat de Groten se ni mehr finnen kunnen. As dat ober richtig Frost geev, dor hebbt wi wat anners mokt, wat veel spannender weer.

No een poor Wochen weer de ganze Kieler Hoben dicht froren. De Fohrrinne müß immer wedder vun Sleppers, de as Iesbreekers fohren, opbroken warrn. No'n Opbreken swömmen de groten Iesschollen in den Wellengang hin un her. Mit de annern Jungs ut uns Stroot sünd mien Broder un ick över dat Ies bit an de Fohrrinn vörlopen un keken uns dat Iesballett an.

Dat weer wat för uns. Wi fungen glieks mit dat Schollenspringen an. Dat weer een Geföhl, vun Scholle to Scholle to springen. Wi wussen ober, dat dat böös gefährlich warrn kunn, denn manchmol weer de Afstand teemlich groot oder de Rand vun eene Iesscholl weer een beten bröckelig. Tum Glück is ober nix passeert un as dat langsam düster wöör, sünd wi wedder no Huus gohn.

Uns Öllern wullen wi lever nix vun dat Schollenspringen vertellen, ober denn hebbt wi uns doch verplappert. Modder wöör mit eenmol ganz still. Vadder hett uns streng ankeken. »Dat mokt ji ni wedder«, sä he mit ernste Stimm, »dat kunn ju Kopp un Krogen kosten. Ji köönt ni swömmen, un in dat ieskole Woter würr ju dat ok sowieso ni mehr hölpen.« Wi müssen em verspreken, dat wi ni wedder över de Schollen springen wullen, dorför wull he ok ni mehr wat seggen, wenn wi mol wedder Hackern mokt hebbt.

Schaufenster bekieken

Wenn dat anfüng, schummerig to warrn, dörven wi normolerwies ni mehr so wiet vun de Huusdöör weg. Ober in de Vörwiehnachtstiet, wenn dat grote Worenhuus »Jacobsen« an de Eck vun de Holtenauer- un de Preußerstroot siene velen Fenster tom Bekieken friegeben harr, denn leet Modder uns mit uns groten Broder Reinhold tosomen los tum Schaufenster bekieken. Vun'n Stinkviddel marscheerten wi dörch de Ahlmannstroot över de Hansa- un de Gutenbargstroot den Lehmbarg dol bit ünner an de Eck vun »Lage und Gramm«. Vun dor hebbt wi al vun wieden de annern Kinner vör de helln Fenster stohn sehn.

As wi ok dorvör stünnen, kemen wi ut'n Staunen ni rut. All dat, wat Modder uns ut de Märchen vörleest harr, kunnen wi nu halvlebendig sehn. Max un Moritz, Hänsel un Gretel, Hans im Glück un all, de in de Geschichten vörkemen, weern nu mit Köpp, Arms un Beens in de Gang. Se möken immer wedder datsülve, ober dat weer uns egol.

Ok de Maikäfers, de Max un Moritz den Schoolmeister in sien Bett kippt hebbt, lepen ohn Ünnerbreekung över sien Nääs de Bettdeek dol, vun wo se ünnern Bett dörch op'n Kopp wedder trüchlepen, üm den Weg nochmol to moken.

Wenn uns groten Broder ni bi uns wesen weer, harrn wi wohl an keen Klockentiet mehr dacht, denn wi füngen immer wedder vun vörn an, de Fenster to bekieken. So hett he uns ober vertellt, wenn dat Tiet weer, no Huus to gohn.

Wenn wi vun Schaufensterbekieken wedder trüchkemen, sünd wi no'n Eten bald in de Betten kropen. Ober wi hebbt noch lang vun Hänsel un Gretel, vun Max un Moritz un vun de Maikäfers snackt, bevör wi inslopen sünd.

Ick goh ok hüüt af un to mol in de Worenhüser un kiek mi an, womit de Kinner nu speelt. Dor sitten se in de Computer-Afdeelung un tippt un dreiht an so'n Ding, üm allns mögliche op een Flimmerkasten aftoscheten. Een anner sitt vör een Kassen un speelt mit sick sülben Schach. Wenn ich mi vörstell, dat wi fröher to Huus mit so'n Ding »Mensch ärgere dich nicht« spelen sullen, wat sullen denn uns Vadder un Modder in de Tiet moken?

Bi'n Bund der Kinderreichen

Uns Vadder weer in de twintiger Johrn in den Bund der Kinderreichen intreedt. Dor he söven Kinner harr, weern de Bedingungen, dor rintokomen, erfüllt.

In de Sedanstroot an'n Möhlenweg buen se vun den Verein lütte Eenfamilienhüser un dorvun harr he geern een Huus afkregen. Man müß sick ober verpflichten, bi dat Buen vun de Hüser so un so veel Stünnen mittoarbeiten. Dor uns Vadder wat vun Peer verstünn, weer siene Arbeit, mit een Gespann den Kies rantofohrn. Dat weer wat för uns. Op de Trüchtuur, wenn de Wogen leddig weer, nehm he immer afwesselnd een vun uns Kinner mit.

As de Hüser teemlich fardig weern, hett he uns Modder to'n ersten Mol to Besichtigung mitbröcht. As Modder de Hüser vun binnen bekeken hett, keem de Knall. »Ne, dor treckt wi mit uns Kinner ni rin«, sä se. »Dat is jo veel to lütt. Dor hebbt uns Kaninken in Goorn jo mehr Platz in ehrn Stall.« So sünd wi denn in de Wohnung in uns Stinkviddel bleven.

För uns Kinner weer ober de Wiehnachtsfier bi'n Bund der Kinderreichen in't Gewerkschaftshuus immer dat Schönste. Langewiel hebbt wi dor ni hatt. De Hölpers hebbt veel Interessantes mit uns anstellt. De een hebbt versöcht, den schönsten Dannenboom to molen, un de annern hebbt afwesselnd een Gedicht no'n annern opseggt. Een lütten Pries geev dat ok dorför.

An'n Enn vun de Fier müssen wi uns all in een lange Reeg achterenanner in den Sool opstellen, denn nu kreeg noch jeder to'n Afscheed ne grote Tüüt mit brune Koken. As wi rutgohn wullen, stünn dor een Jung, de harr twee Tüten in'ne Hann. Wi hebbt em froogt, wi dat angohn kunn, denn wi harrn jeder blots een Tüüt kregen. Dor hett he uns vertellt, wo he dat mokt harr: »Ji müssen de Kellertrepp rünner un dörch den Gang ünner den Sool slieken, denn könnt ji an de anner Siet wedder hochkomen un ji nochmol wedder anstellen.«

Jo, so hebbt wi dat denn ok mokt. Vadder hett ümsünst Kies föhrt, ohn een Huus to kriegen, ober wi kunnen dorför nu jeder mit een Extratüüt brune Koken no Huus gohn. Un so weern wi Kinner de Meenung, dat sick de Mitgliedschaft bi'n Bund der Kinderreichen an'n Enn doch noch lohnt harr.

Peer beslogen

Wenn Wiehnachten keem, weern wi Kinner al een poor Wochen vörher ganz schöön ut de Tüüt. Dat is de Tiet, wo de Nikolaus nachts üm de Hüser geiht un op de Fensterbänk kiekt, of dor Schoh stoht.

Modder sä immer, he schmitt ober blots in de Schoh wat rin, de fein blank putzt sünd. Op'n Hoff stünnen wi denn mit de Wixböss in de Hann üm de Schohcremdoos rüm. De eene Hann harrn wi in den Stevel un mit de anner Hann weern wi an'n Wienern.

Dat weer för uns ungewohnte Arbeit, ober wi wullen dat nu ok goot moken un hebbt de Schoh bit boben an den Rand insmeert. As wi se blank putzt harrn und de Hann wedder ut den Stevel rutnehmen, harrn wi an een Arm so'n richtigen breden schwatten Truerflor.

»So koomt ji mi ni an'n Disch«, sä Modder. Nu hölpt dat nix. Wi müssen no'n Utguss un uns solang waschen, bit dat Schwatte rünner weer. Dat güng gor ni so eenfach. »De Rest, de ni afgeiht«, verklorte Modder uns, »den kriegt ji mit den Bimsteen rünner.« Ober den Bimsteen muchen wi gor ni lieden. Dat brannte as Füer, wenn wi dormit op de Huut schüerten. De Truerflor güng weg, ober dorför harrn wi nu vun dat Schüern so'n rosa Striepen an'n Arm.

Sonst hebbt wi dat ganze Johr ni veel över hatt för dat Schohputzen. Wenn dat dor gor nix för geven deit, bröch dat ok keen Spooß mehr. Wenn wi buten wild rumtoovt harrn un de Schoh bit bovenhin schietig weern vun de olen Goornwege, de vun den Regen ganz opweekt weern, hebbt wi se blots, kort bevör wi tohuus weern, noch mol in so'ne grote Pfütz afwuschen. Dorbi hebbt wi immer natte Fööt kregen, ober dat kunn man jo ni sehn. De natten Schoh glänzten so schöön, dat Modder menen kunn, dat wie geputzte Stevel harrn.

No ne halv Stünn, wenn se wedder dröög weern, sehn se wedder ut as Kattenschiet in Düstern.

Wenn Vadder uns Stevel obends bekeken harr, hett he schimpt, denn he weer ok unser Schooster. So as de Dörpssmeed de Peer beslogen hett, so harr mien Vadder in de Kööк sien Eck mit den Schoosterkassen. Dor harr he ok den iesernen Foot bin. Dor weern dree kotte Been an. An een weer ne ieserne Hack, an den annern een lütte un an den dritten een grote ieserne Sohl. Wenn he sick de Schoh ankeken harr, denn güng dat Beslogen vun de »jungen Peer« los. Söven Stück harr mien Vadder dorvun in sien Stall.

As Beslagiesen geev dat fröher so'ne flachen Iesenbleche, wohl so groot as'n Groschen mit so'ne afgebogenen Spitzen an. De hett he uns op de Schoh ropnogelt, un so kunnen wi wedder lopen, bit dat Iesen dol weer. In'n Winter harrn wi immer een groten Iesenverschleiß, weil wi uns Hakkern mokt hebbt un mit de annern Jungs üm de Wette hackert sünd.

Dorför harr Vadder uns genau de richtigen Iesen ünner de Hufe nogelt. Dor kemen de annern Jungs ni gegenan. Wi bleven immer Sieger, denn mit sien Beslag kunnen wi am wietesten över dat Ies susen. So hett Vadder, ohn dat to weten, in siene Smeed richtige Rennpeer ut uns mokt.

Uns Wiehnachtsmann

Immer wenn dat op Wiehnachten togeiht, goht miene Gedanken trüch in miene Kinnertiet. Welk Johr dat wohl wesen is, wo ick mi tum ersten Mol op Wiehnachten besinnen kann, dat weet ick ni mehr. Ich mutt noch keene fiev Johr oolt wesen sien. Wi Lütten seten in de Schloopstuuv in Halvdüstern, as de Wiehnachtsmann rinkeem. Mit open Muul un grote Ogen keken wi em wunnerlich an. Keen Wort kregen wi rut, un uns Köpp wörrn immer hitter.

Worüm weer Modder denn ok ni bi uns bleven? Wat sullen wi blots moken? Een Boort kannten wi al vun uns Vadder, ober so'n langen, witten, as de Kerl een harr, dor müß man jo bang vör warrn.

Wi kregen jeder vun em een lütte

Schachtel mit Koken. An disse Schachtel kann ick mi hüüt noch goot erinnern. Dat weer ne Kässchachtel ut Spoonholt. Dor weer mol Camenbert binnen wesen, Stinkerkäs sään wi dorto. Wi hebbt den Koken bald opeten, ober mit de Schachteln hebbt wi noch lang in de Stuuv rümkullert.

An de annern Johrn kann ick mi ober beter besinnen, denn dor weern wi al recht wat klöger un müssen een Gedicht opseggen. Wi wussen blots ni, woher de Wiehnachtsmann immer all dat weten dee, wat wi in'n letzten Johr allns verkehrt mokt harrn.

»Seid ihr auch immer schön artig gewesen?« so füng de Wiehnachtsmann siene »Festrede« immer an, wenn wi em groot ankeken. »Und wollt ihr euch auch nicht mehr so oft zanken?« Ne, dat wullen wi gewiß ni mehr.

»Und du, Klein-Heini, willst du auch immer zu Tante Briese gehen, wenn deine Mutter dich bittet?« He keek mi streng an. Ick kreeg een groten Schreck. Uns Tante Briese wohnte in de Schauenburger Stroot bi Bäcker Mangels in dat Achterhuus, un dor müssen wi Kinner fröher oft wat hinbringen oder afholen. Keener harr ober richtig Lust, den wieden Weg alleen to gohn.

De annern harrn schon all ne lütte Tüüt vun den Wiehnachtsmann kregen, nur miene weer wohl noch in den Sack, de al so leddig utseeg. Mi kemen bald de Troon. Ick wull doch ok so'n Tüüt hebben. »Jo, jo, ick goh ok no Tante Briese«, reep ick gau. »Na, das ist lieb von dir«, sä he, un ick kreeg mien Tüüt.

Dat weer ne schöne Tiet, as de Wiehnachtsmann to uns in't Stinkviddel keem. Wenn he wedder weg weer, hebbt wi glieks de Tüten opmokt un uns över de roten Äppel, Nööt un brunen Koken freit. Blots Modder harr dat wedder verpasst, den Wiehnachtsmann to sehn. Dat se ober ok immer rut müß, bevör de Kerl keem. So kunn se uns gor ni bistohn, un wi kunnen uns ni achter ehre Schört versteken. »Wat de Wiehnachtsmann allns vun uns weet«, repen wi ganz opgeregt un: »Kiek mol, Modder, dat hebbt wi even vun em kregen.«

Modder hett lacht un sick mit uns freit. Ober verspreken, dat se bi'n nächsten Mol wedder in de Stuuv trüchkomen kunn, bevör de Wiehnachtsmann wedder weg weer, dat wull se uns doch ni.

De dritte Goornweg

Wenn dat in'n Winter ornlich schniet harr, hett mien groten Broder uns ok mol tum Rodeln no de Krusekoppel mitnohmen. Dor hebbt wi denn tokeken, as de Groten vun boben, wo noch dat Buernhuus stünn, bit ünner no de Stroot dolfohrt sünd.

De beiden Bohnen weern gor ni so ungefährlich. De »S-Bohn« güng in dree Kurven bit no ünnern op de Stroot dol. De »Todesbohn« dorneben in de anner Kuhl güng nur liekut, ober dor güng dat mehr op un dol un manche Sleden is as Kleenholt ünner ankomen. An'n Enn vun beide Bohnen harrn de Gärtners Sand streut tum Bremsen. De weer no'n Stünn al wegschuert un vele Släden rutschten bit op de anner Siet vun Düsternbrooker Weg. Dormols weer dor ober noch ni soveel Verkehr un so kunn so licht nix passeren, denn de Kutschers hebbt ok mit oppasst un tokeken.

Wenn wi ni no de Krusekoppel güngen, denn dat weer een wieden Weg vun'n Stinkviddel dorhin, sünd wi no uns Rodelbohn achtern Schietbarg gohn. De weer in een vun de velen Goornwege. Vun Grasweg achtern Bohndamm lepen de Goornwege bit na'n Möhlenweg dol un dor weer in'n Winter immer wat los. »Wüllt ji mit no'n dritten Goornweg?« frögen wi de annern Kinner, un denn güng dat los mit den vun de Vaddersen sülben bastelten Sleden. Dat weer man meist blots ne flache Holtkist, wo se ünner noch Flachiesen opnogelt harrn.

De dritte Goornweg harr den schönsten Barg. De güng vun'n Bohndamm bit no'n Möhlenweg rünner. Small weer he, un een müß böös oppassen, dat een ni in de Heck rinfohr. Wi Jungs rodelten all mit'n Buuk op de Kist dorrünner. Dat güng blots mit Toloop un seeg putzig ut, wenn wedder eener losleep. He heel bi'n Lopen de Kist platt vör'n Buuk, un so smeet he sick ok mit een Klatsch op de Bohn. De Fööt harr he achterrut, dormit he stüern kunn. So suus he den Goornweg rünner.

Wi vun Stinkviddel weern al richtige Profis op disse Bohn, ober de »Neuzugänge« landeten meist boben al mit'n Kopp in de Heck, weil se dat Stüern vergeten harrn. De Heck weer wohl een beten stickelig, geev ober no, so dat dor nix passeren kunn, wenn mol eener in disse umweltfründlichen »Leitplanken« rinsuus.

Wenn dat denn anfüng, düster to warrn, trocken wi wedder mit uns Holtkist no Huus un kröpen glieks op de Ovenbank. Modder harr in't Ovenlock de Emaillekann mit den hitten Kornfrank stohn, de uns no so eene Sledenfohrt goot doon hett. Wenn wi denn in't Bett legen, sünd wi fix inslopen. Ober in'n Droom weern wi all wedder op uns Holtkist in'n dritten Goornweg.

Elektrische Wiehnachten

Hüütodaags is dat jo nix Besonneres, wenn all an ehrn Dannenboom elektrische Wiehnachtskerzen hebbt. Mi erinnert dat immer an miene erste »elektrische Wiehnachten«, de böös harr to Enn gohn kunnen.

Wat weer dat doch för ne Sensation, as wi in'n Stinkviddel tum ersten Mol Elektrisch kregen. De Gasrohrn wörrn ni rutreten. Dor kemen an'n Enn överall Proppen rin un dorneben leden se de Stromrohrn, wo de Strippen binnen weern. Ünnern Putz leden geev dat dormols ni. Een müß bi'n Molen un Tapzeern böös oppassen, dat een ni so dicht an'n Schalter oder an de Lampenstrippen ünner de Deek keem. Mien Vadder hett den Quast mol in hogen Bogen in de Eck schmeten, so dull hett he een verpasst kregen.

Wi Kinner dörven de erste Tiet ok ni an den Lichtschalter ran. Licht an un ut möken blots Vadder un Modder. Dat weern jo noch de Porzellanschalter tum Dreihn un de müssen immer no rechts rümdreiht warrn, dormit man se ni överdreihte. Mit rechts un links kennen wi Lütten uns ober noch ni so genau ut.

Steekdosen harrn wi fröher ok noch ni bi uns to Huus. Plett hett Modder jo immer mit de Plettiesen, de op de Ringe vun den Herd stünnen. Dree Stück harr se dorvun un wenn een Iesen ni mehr hitt weer, nehm se dat nächste un wesselte se so immer ut. Uns erstes elektrisches Plettiesen weer ne Sensation. Mien groten Broder Reinhold hett dat ut sien Elektroloden Martens an'n Dreiecksplatz, wo he een Loopstell harr, för'n halven Pries mitbröcht.

Pletten kunn mien Modder dormit ober blots op'n Kökendisch ünner de Lamp. Dat weer ne Lamp mit so'n Blechteller tum Op- un Doltrecken. De Birn wörrn rutdreiht un dorför 'ne Porzellanfassung mit twee Steekers, wo 'ne Plettschnur rinpaßte, rindreiht. Ünner keem de Birn wedder rin. So kunn Modder op'n Disch pletten.

Loter, as mien Broder mol een Radiokassen mitbröcht harr, harrn wi den ok mit den Steeker boben an de Lamp op'n Disch stohn. Dat gefull mien Modder ober ni, un Musik möök dat Aas ok ni richtig.

Ick weet ober noch, dat dat bald een groot Unglück geven harr. Dat weer een Dag vör Heiligobend, as mien Öllern ni to Huus weern. Uns Broder wull, dat wi Lütten uns mol richtig elektrisieren sullen. He hett mien Zwillingsbroder op'n Disch sett un de Birn ut de Lamp dreiht. Denn leet he em dor mit 'ne dicke Stoppnodel rinsteken. Dat geev 'ne Stichflamm un twee grote Hüser weern in Düstern. De Stoppnodel weer halv wegschmort.

Mien Broder sülven weer tum Glück nix passeert, weil he op'n Holtdisch seet, ober he harr een bösen Schreck kregen. As mien Öllern no Hus kemen, seten wi all in de düstere Eck un weern an Brüllen. Ut de Wiehnachtsstimmung is in disse Johr ni mehr so recht wat worrn.

As wi Heiligoben all üm den Dannenboom seten, müssen wi doch immer an Reinhold denken. De müß alleen in'n Bett in de dunkle Schloopstuuv blieven. So richtig böös weern miene Öllern ni mehr, ober Stroof müß sien, denn dat harr so kort vör Wiehnachten doch böös utgohn kunnt.

Reinhold leevt hüüt ni mehr, he is ni ut'n Krieg trüchkomen. Ober de lütte Jung mit de Stoppnodel, de hett sietdem noch vele Wiehnachtsfeste fiert. Vun den Schlag hett he nix nobeholen. He is hüüt een schiern Kerl vun över achtig Johr un geistig noch immer rege.

De Poppenspeeler

In'n Stinkviddel harrn wi ne lütte Lodenwohnung. In den Loden, de as Stuuv inricht weer, speel sick Dag üm Dag unser Leven af. Wenn dat buten dröög weer, müssen wi Kinner natürlich rut. In de dunkle, kole Tiet bleven wi ober meist tohuus. Jeder seet in siene Eck, wo he sien Speeltüch harr.

Wi Jungs harrn to all den annern Klöterkroom noch een Peerstall. Dor stünn ok een tweespännigen Ledderwogen mit allerlei Tünns op binnen. Wi weern egolweg an op- un afloden. Achter kunn man so'ne Ledder vun de Britsch rünnerklappen un de Tünn dor rünnerrolln loten. Dat bröch uns bannig Spooß, wenn se ornlich gegen dat Vertiko ballerten. Wi müssen blots oppassen, dat Modder dat ni wies wöör, denn se harr sick böös mit ehre Politur.

Uns Peer sehn goot ut, wenigstens to Anfang, as wi se kregen harrn. Mit de Tiet weern se ober all böös mitnohmen dörch de velen Transporte, welke se dörch den Loden, ünnern Disch un ünner de Stöhl dörchmöken. De Peer weern nämlich ut so'n Pappmaschee. Wi hebbt so vele Tuurn mit se mokt, dat se an de Been gor keen Maschee mehr harrn un blots noch op dünne Holtbeen stünnen.

Vadder sä denn immer to uns: »Wiehnachten warrt se utspannt un koomt in't Lazarett. Mol sehn, of de Wiehnachtsmann denn noch een poor schöne in sien Sledenstall stohn hett.«

Miene Schwestern spelen in de annern Eck mit ehre Poppen. Mien Vadder harr ut kleene Holtkisten Poppenbetten mokt, för de mien Modder lüttes Bettüüch neiht harr. Dor wörrn de Poppen rinpackt un all Ogenblick wedder rutnohmen, rinpackt, rutnohmen, rinpackt. Ick glööv, tum Slopen sünd se dorbi gor ni richtig komen.

Jeden Wiehnachten hebbt wi wedder nüet Speeltüüch kregen. Dat hebbt mien Öllern ober ni köfft, so veel Geld hett mien Vadder ni verdeent. Meistens hett he dat allns sülven mokt. He weer Aschwagenkutscher un hett vele Soken mitbröcht, de he blots noch repareren müß.

Wenn mien Vadder de Düsternbrooktuur harr, funn he dat meiste Speeltüüch. Dat harrn de Herrschaftskinner wohl obends, wenn dat düster weer, ni in ehre Villa mit rinnohmen. Morgens, wenn dat regent harr, weern de Poppen natt, un de Köökschen hebbt se enfach in den Aschemmer smeten.

In'n Keller harr Vadder all de nokten Poppengestelle op'n Bord liggen, för de mien Modder lütte bunte Kleder ut ehre Flickenkist neiht hett. Eenmol bröch he sogor een ganzes Schaukelpeerd mit, ober ohn Steert un Ohren. Vör Wiehnachten weer he blots noch in'n Keller an'n Klütern un hett dat ole Speeltüüch för uns toschick mokt. Wi dörven denn ni mehr in'n Keller komen, weil wi ni weten sullen, wat he dor allns för uns wedder tosomenbuut hett.

An'n Wiehnachtsobend hebbt wi dat denn to sehn kregen. So seten de Poppen in ehre nüen Kledoschen bi uns ünnern

Dannenboom. As Findelpoppen ut de Aschemmer vun de rieken Lüüd ut Düsternbrook rutholt, harrn se nu in't Stinkviddel in een Arbeiterfamilie een nüet Tohuus funnen.

Dat Wiehnachtspaket

Mien groten Broder harr keen Angst för'n Wiehnachtsmann, dat meenen wi Lütten wenigstens. He grien den Wiehnachtsmann an, wenn de an'n Wiehnachtsobend to uns no Huus keem. Uns Lütten ober stünnen för Angst fast de Troon in de Ogen. Wat weer he doch för een mutigen Jung.

Hüüt weet ick ober, dat miene Öllern uns de Vörfreid op Wiehnachten ni nehmen wullen. Dorum hebbt se em verboden, uns to vertellen, wat he al wüß, siet he to School güng: Dat dat neemlich gor keen richtigen Wiehnachtsmann geev.

As wi denn ober ok to School kemen, harrn de grötteren Kinner nix Beteres to doon, as de nüen »Osterküken« den schönen Kinnergloben an den Wiehnachtsmann kaputtomoken. »Kiek di de Babies doch mol an, de glöövt noch an den Wiehnachtsmann«, hebbt se uns hänselt. As wi dat nu vun uns Modder genau weten wullen, müß se mit de Wohrheit rutkomen und »bums« weer mit een Schlag een schöön Kinnerdroom to Enn.

Ick weet ober noch, dat uns Broder uns mol mitnohmen hett in een feines Speelworengeschäft an'n Olen Markt, »Johannsen und Schmielau« heet dat. Unse Speelsoken to Huus hett uns Vadder meistens sülven mokt, un so kemen wi ut'n Staunen ni rut, wat dat dor all för Kinner to sehn geev. Am meisten hebbt uns de bunten Autos un Iesenbohns gefullen, de man an de Siet mit so'n Schlödel opdreihn kunn un de denn op'n groten Disch immer in'n Kreis rumfohren.

De Överraschung för uns weer ober de Wiehnachtsmann in dat Worenhuus. He stünn in de twete Etage neven een groten Dannenboom un harr, genau as de Wiehnachtsmann bi uns to Huus, een groten Sack dorbi, de vull Pakete weer. De velen Kinner stünnen all üm em rum. Wi wussen jo nu, dat dat gor keen richtigen Wiehnachtsmann geev, ober so ganz wullen wi uns dat mit em liekers ni verdarven. Un so hebbt wi uns eenfach dor mit twischenstellt.

As he denn anfüng, de Kinner mit Noom optoropen un jeden, de een lütt Gedicht opseggen kunn, een Paket geev, frögen wi uns Broder, wann de Wiehnachtsmann uns opropen wull. Mien Broder meen: »Dat weet ick ni, ober wi köönt ni so lang blieven. Modder töövt al op uns, wi mööt no Huus.«

Wi weern trurig, dat wi keene Tiet mehr harrn un nu keen Paket afkregen kunnen. Uns groten Broder wull ni, dat wi marken, worüm all de annern Kinner Geschenke kregen. Ehre Öllern harrn de Speelsoken dor vörher köfft un leten se nu över den Wiehnachtsmann verdelen.

Dat hebbt wi Lütten ober allns wedder vergeten, as de Wiehnachtsobend keem. Jeder vun uns kreeg wat tum Spelen. Wi hebbt uns freit un wussen nu, dat dat Speeltüüch, dat Vadder sülven mokt hett, doch dat beste weer.

Die Hirten auf dem Felde

Wenn dat ganz dicht op Wiehnachten togüng, weern wi Lütten all böös opgeregt. Blots in de letzten Daag ni noch dumm opfallen. Op keen Fall mehr in de Köök spelen, denn dorbi hebbt wi mol een ganzes Bord mit Sammeltassen afrüümt. So weern wi ok dit Johr wedder froh, as bit Heiligobend allns goot güng.

An den Dag harr uns Kirchenhuusmeister bannig veel Arbeit mit de Vörbereitung för de Wiehnachtsfier. In den Sool geev dat veer grote Kachelovens, in jede Eck een. De müß he op Hochtuuren bringen, wat gor ni so eenfach weer. Den halven Vörmiddag hett he vun buten de Köhlen rinschleppt un so een Oven no'n annern in de Gang holen. So bruken wi bi de Wiehnachtsfier an'n Namiddag ni to freern.

Jedes Johr geev dat in uns Kirchengemeinde een Krippenspeel. Dit Mol weer dat för uns wat ganz Besonneres, denn to'n ersten Mol dörven wi ok mitspelen. De ganze Wuch harrn wi to Huus al dorför öövt. Uns lütte Schwester seeg as Engel ganz natürlich ut, funnen wi. Mien Zwillingsbroder un ick weern twee vun de »Hirten auf dem Felde«.

Vadder hett för jeden vun uns ut den scheven Flederbeerboom in'n Goorn so'n Hirtenstock torecht schnitzt. Op'n Kopp harrn wi jeder een vun siene olen Filzhööd op. Schnacken bruken wi ni. Wi sullen blots immer an de Siet stohn un Maria ankieken. Dorbi kunnen wi jo wohl nix verkehrt moken, meen Vadder.

Eene Fru ut uns Kirchengemeinde wull uns ober inreden, wi sullen ganz unopfällig mol een beten as de Schoop dortwischen blöken. Dat hebbt wi ober lever loten, denn wi wullen Maria un Josef ni in Tüdel bringen. Un so hett dat in de Opführung ok keen Probleme geven, un wi hebbt allns goot över de Bühne bröcht.

Dorno hett de Pastor tosomen mit siene Hölpers mit de Bescherung för de Kinner anfungen. Wi weern ganz stolt, as wi den

Büddel mit Appeln un Nööt in de Hann harrn. Tum ersten Mol weern wi in een Stück dorbi un nu harrn wi sogor een lütte Gage dorför kregen. Wi hebbt afmokt, dat wi dat in'n nächsten Johr wedder mit de Schauspeeleree versöken wullen. Un villicht kunn ick dor jo 'ne grötere Rull bi afkregen. As König mit 'ne schicke Kron würr mi dat goot gefallen. Un dat sull wohl klappen, denn in dat Krippenspeel gifft dat jo ni blots een, sonnern glieks dree Stück dorvun.

Dat Wiehnachtsbook

Wi weern eene Familie mit söven Kinner. Dor geev dat immer mol Striederie un Arger. Ober komisch, dat weer jedes Johr datsülve: Je dichter wi an Wiehnachten rankemen, je weniger Blödsinn hebbt wi Kinner mokt. So kott vör de Bescherung wullen wi lever keen Risiko mehr ingohn.

Ick kann mi noch goot erinnern, dat Modder uns obends, wo dat al fröh anfüng schummerich to warrn, ut'n dicken Book wat vörleest hett. »Ich möchte so gerne einen Tannenbaum brennen sehen«, stünn boben över een groten Dannenzwieg op den Bookdeckel. Dat weern ober ni eenfach Märchen, sonnern wohre besinnliche Levensgeschichten, de ok för Kinner verständlich weern. Se hebbt uns fröh lehrt,

Menschen to hölpen, de in Noot komen sünd, egol of dörch Krankheit, Arbeitslosigkeit oder wokeen weet wodörch noch.

Dat Book vertell vun eene Dagelöhnerfamilie mit twee lütte Kinner. De Modder weer lungenkrank wesen un harr nu Möh, to Huus allns to beschicken. De Vadder weer mol op'n Bu to Malheur komen un arbeitslos worrn. Nu kreeg he blots soveel Geld, dat dat even tum Leven langte.

Wiehnachten fiern, so as bi uns to Huus, kunn de Familie ni mehr, denn ehr beten Geld langte jüst, üm de Kinner satt to kriegen. So harrn se to Wiehnachten ok keen Dannenboom. Eene Geschicht, de mien Modder uns ut dat Book vörleest hett, heet »Ich möchte so gerne einen Tannenbaum brennen sehen«. Dat weer de gröttste Wunsch vun de Kinner. So sünd se an'n Heiligenobend, as ehre Öllern dat ni wies wörrn, lies ut'n Huus rutsliekert un bit röver no'n Dörp lopen.

Vör'n Fenster vun dat erste Huus sünd se still stohnbleven un hebbt lüstert. Mit glänzende Ogen hebbt se in de Stuuv mit den brennenden Dannenboom rinkeken un hebbt doran dacht, wo schöön se dat harrn, as ehre Modder noch gesund weer un de Vadder noch Arbeit harr.

Wat kunn uns Modder doch goot vörlesen. Ganz trurig hebbt wi an den Kökendisch seten, as wi de Geschicht hören un överlegt, wo man disse Familie hölpen kunn. Wiehnachten ohn Dannenboom, dat kunnen wi uns gor ni vörstellen. Wi weern glücklich, dat uns Vadder Arbeit harr un wi all gesund weern. So hebbt wi uns noch mehr op Wiehnachten freit.

De Blockwogen

Nu güng dat allmählich wedder op Wiehnachten to, un wi Görn harrn dat immer noch ni rutkregen, wat de Wiehnachtsmann wohl dit Johr för uns mitbringen würr. Modder harr uns dorbi footkregen, as wi afwesselnd vör dat Schlötellock stünnen un hett de Luscheri gau een Enn mokt. »Wenn ick ju dorbi nochmol tofoten krieg, steek ick ju hüüt Obend all to Bett«, sä se. Ober wi kunnen nu sowieso ni mehr dörchkieken, denn se harr dat Schlötellock vun de Binnensiet mit Zeitungspapier dichtstoppt.

Modder harr ober ganz annere Sorgen as uns Luscheri. Dit Johr harr se nemlich een beten Geld för een grotes Geschenk för Vadder överspoort. Sien Wunsch weer immer, mol een Blockwogen to hebben. Den kunn he för vele Transporte no uns Schrebergoorn goot bruken. Modder harr günstig so'n Modell för em kregen, ober nu wüß se ni, wo se dat versteken sull. Uns Wohnung weer veel to lütt dorför un in'n Keller würr Vadder dat ok bald finnen.

As se mit uns Onkel Briese doröver snackt hett, dat se mit ehr Wiehnachtsgeschenk böös in de Kniep weer, hett sick ober doch een Utweg funnen. »Dat krieg wi al torecht«, wüß he glieks Root, »de Blockwogen kümmt bi uns in'n Keller. Heiligobend bringt wi em denn bi ju vörbi.«

Un so hett dat ok bestens klappt. Obends in Düstern hebbt se den Blockwogen bit no uns in de Christian-Kruse-Stroot trocken. Se kunnen dörch dat Naverhuus op'n Hof komen. So sünd se vun achtern över de Kellertrepp in uns Treppenhuus komen, ohn dat eener wat markt hett. För uns Wohnungsdöör hebbt se den Blockwogen afstellt un klingelt.

Wat dat för ne Överraschung un Freid vör uns Vadder weer, bruuk ick wohl ni to vertellen. He wull dat toerst gor ni begriepen, wo dat Ding plötzlich herkeem. Modder hett lacht, dat se dat doch noch so goot hinkregen harr.

All Tuurn kunn Vadder vun nu an mit sien nüen Blockwogen moken. Sogor de föffteihn Kilometer no uns Oma in Gettorf weer he dormit ünnerwegs. As he wedder no Huus keem, stünnen wi Kinner all Spaleer. Wi wussen, ut Gettorf wörr Vadder ni mit een leddigen Blockwogen trüchkomen. Oma harr immer veel för uns to Eten ut ehrn groten Gemüsegoorn mitgeven. Ok een schönes Stück Speck un een Broot weern meist dorbi. So'n Blockwogen weer wirklich een godes Wiehnachtsgeschenk för Vadder, hebbt wi Kinner dacht. Denn in 'ne ganze Wogenlodung ut Gettorf dor müß doch ok een beten för uns twischen sien.

De Wiehnachtsdisch

To Wiehnachten hett Modder uns Lütten immer richtig rutputzt. In de Stuuv stünn de grote Zinkwann un dor wörrn wi een no'n annern rinsteken un mit de Wuddelbüß afschruppt. Dat muchen wi gor ni geern, ober so kott vör de Bescherung hebbt wi lever keen Theoter mehr mokt. No'n Afrubbeln kregen mien Broder un ick den Kieler Matrosenanzug, den wi blots an besünnere Daag antrecken dörven. Ganz schmuck sehen wi dorbin ut, so as richtige lütte Mariners.

Nu müssen wi blots noch töven, bit ok miene lütte Schwester toschick mokt weer. Ick heff in de Tiet dat Bild rutsöcht, dat ick Modder un Vadder to Wiehnachten schenken wull. In de Warteschool, Kinnergoorn würr man hüüt dorto seggen, hebbt all Kinner versöcht, een schön Wiehnachtsboom to molen. Mien Broder hett sick dorbi vergaloppeert, as he jede lütte Nodel vun den Boom opmolen wull. De Tiet hett ni langt, un he is ni fardig worrn. Ick harr mien Dannenboom so goot hinkregen, dat ick dor een lütten Pries för kregen harr.

As wi Kinner all fein rutputzt in de Reeg stünnen, weer Modder tofreden. Nu kunn Wiehnachten anfangen.

Blots Vadder weer mol wedder ni fardig worrn. Jedet Johr hett he sick mit dat Opstellen vun den Wiehnachtsboom vertöörnt. De Bööm weern meist een beten scheev un uns Dannenboomfoot weer veel to lütt. So müß he de Dinger tosätzlich noch mit een Tampen an de Kommod anbinnen, dormit se ni ümfüllen. Mien Modder sä immer: »Wo du dat mokst, is mi egol. Hauptsook, de Boom kippt ni üm.«

Dit Johr harr Vadder besonners Maleur. He hett een kopplastigen Boom afkregen, de immer wedder ümfüll. Vadder wuss sick ober to hölpen. As mien Modder in de Stuuv rinkeem, hett se bald de Schlag dropen. »Mensch, Papa, wat hest du denn mokt?« reep se entsetzt. Vadder bleev ganz ruhig: »Du hest doch to mi seggt, de Hauptsook is, dat de Boom ni ümfallt. Un dat deit he ni.«

Mien Modder harr den schönen, runden, polierten Disch, wo de Dannenboom op stünn, mit ne gehäkelte Fransendek toschick mokt. Vadder hett eenfach dörch de schöne Deek een tweetölligen Nogel in den Disch rinhaut un em över den Dannenboomfoot krumm bogen. »Oh, Papa«, sä Modder, »dat du ok allns so wörtlich nehmen mußt. Wat sall blots de Sieblitz denken?« De Sieblitz weer uns Naversch. De weer een ganz neeschierige Olsch, de in jede Eck keek, wenn se mol bi uns in de Wohnung weer. Modder hett denn Dannenzwiege över den Dannenboomfoot leggt un so füll dat gor ni mehr op.

»Na sühst du«, sä Vadder, »dat geiht doch. Nu lot de Sieblitz man ruhig komen.«

In Modders Backstuuv

Veel Naschkraam hebbt wi fröher as Kinner ni kregen, een Zuckerbroot weer för uns al immer wat Besonneres. So wullen wi dat an een Dag, as uns Öllern ni to Huus weern, ok mol utprobeern, sülven Bonbons to moken. Een ut uns Klass harr uns vertellt, dat dat ganz licht güng.

Wi hebbt een beten Fett in de Pann haut, bevör se op dat Herdfüer stellt wöör. Nu keem rieklich Zucker dorto. Dat Umröhren güng man bannig swoor, dat Schiet bleev immer an den Böden backen. De ersten Brocken, de goot utsegen, hebbt wi glieks rutangelt un lutscht. Man, wat weern de schöön sööt. Dorbi hebbt wi man blots vegeten, wedder ümtoröhren. No ne Tiet weer gor nix mehr to moken, un de ganze Pann weer al teemlich schwatt. In de Köök stünn de Rook, un wi kunnen froh sien, dat de Füerwehr ni keem. Wi hebbt de Fenster opreten un bit Modder trüch keem, weer de Luft wedder klor. As se ober de Pann seeg, geev dat een grotes Donnerwetter, denn dor weer nix mehr to moken, de kunn se wegsmieten.

No dit Maleur weern wi lever vörsichtig un hebbt op de Adventstiet töövt, denn wi Leckersnuuten wüssen, dat wi dor mit Naschkraam reken kunnen. Brune un witte Koken hebbt wi ni veel köpen kunnt, de hett uns Modder sülven backt. Wi Kinner hebbt schon immer luert, dat wi dorbi hölpen kunnen. »Ji mööt eerst de Hannen waschen«, sä Modder streng. Wi dörven denn mit de Knee op de Stöhl, de Lehn gegen den Disch lehnt, tokieken, as se den Kökendisch mit Mehl inreben hett. An'n levsten wull ick bi'n Deegröhren hölpen, denn dor kunn een toletzt den Lepel aflecken un den Pott utkratzen.

Mit so'n Punktroller ohne Löcker hett Modder den Deegklumpen so dünn as uns Dischdeek utrollt. Mit een lütt Tass hett se den Deeg utsteken un op'n Blech in de Hex schoben. Ut den Rest dörven wi noch een poor Dinger utsteken. Den verunglückten Deegrest, wo sik gor nix mehr mit anfangen leet, hebbt wi glieks opeten. No'n Backen harrn wi all een lütten Vörgeschmack op Wiehnachten, denn wi kregen den Bruchkoken. All de annern Koken kemen in 'ne grote Blechdoos rin. Modder sä: »So, dat mutt för dit Johr recken, denn twischen Wiehnachten un Nüjohr warrt ni mehr backt.« Un dorbi hett se den Deckel dichtmookt un de Doos ganz boben op dat Kökenschapp stellt.

To'n Kaffeedrinken hett Vadder de Doos immer rünnerholt. Ok wi Kinner dörven denn mol ringriepen. Dat loten wi uns ni tweemol seggen un hebbt ornlich tolangt, ok wenn wi nu wüssen, dat de Koken bit Nüjohr recken sull.

De Dampmaschin

Wenn een mi frogt, welche Wiehnachten an'n schönsten weern, bruuk ick gor ni lang to överleggen. An'n schönsten weer dat fröher, as wi noch Kinner weern. Mit de ganze Familie, mit all miene Geschwister un mit uns Öllern seten wi ünner den Dannenbom, hebbt brune Koken eten, Nööt knackt un Wiehnachtsleder sungen. Dorbi hebbt wi uns unsere Geschenke zeigt. »Kiek mol, miene nüe Popp« un »Hest du all mien Brumkriesel sehn?« So güng dat de ganze Tiet.

An annern Dag güng dat twischen de Kinner ut'n Huus wieder: »Wat hest du kregen?« »Hebbt ji al mien nües Füerwehrauto sehn?« »Mien Steckenpeerd is man veel gröter as dien!« Een Jung hett eene Iesenbohn kregen. De wullen wi all geern sehn. He harr richtige Schienen, de to een Krink tosomensteckt weern, een Lokomotiv un twee Waggons. An de Siet vun de Lok kunn een den Slötel rinsteken un dormit een Fedder opdreihen. Dann fohr de Iesenbohn immer rundüm. Dat gefeel uns goot. An'n meisten Spooß bröch uns dat, wat op de Schienen to leggen. Denn kunnen wi tokieken, as de Lokomotiv entgleiste. Mit uns lütte Speeltüüchautos weern wi ober glieks to Stell, üm de Verletzten to retten.

De Knüller weer ober de Dampmaschin, de een Speelkamerod ut uns Huus to Wiehnachten kregen hett. Mensch, wat seeg dat Ding goot ut.

De Maschin harr een groten Ketel. An de Siet seet een Kolben, de mit dat Schwungrad verbunnen weer. Vun dor güng een Antriebsremen to ne lütte Soog. Ok anner Werktüüch kunn dor anbuut warrn. Een lütt Klapp in den Ketel wöör opmookt un een lütt Spirituswürfel dor rinsteken. Mit een Striekholt hett uns Speelkamerod dat ansteken. Ganz langsam wöör nu dat Woter in den Ketel dörch dat Füer to'n Kochen bröcht. Eerst no 'ne ganze Tiet füng de Kassen an to zischen un ut een Ventil keem Damp. Dat hett uns böös beindrukt. Nu füng de Maschin langsam an, inne Gang to komen. De Kolben güng vör un trüch un bröch dat Schwungrad to'n Dreihen. Över den Remen wöör de lütte Soog hin un her bewegt. Nu kunnen wi een poor Holtstükken, man ni veel dicker as so'n Striekholt, darünner holen un de Soog hett se in de Mitt dörchsneden. Immer wedder hebbt wi dat mookt, bit de Maschin ni mehr noog Damp harr, de Soog antodrieven. Wi wullen glieks wedder nüen Brennstoff in dat Füerlock steken. Dorbi müssen wi blots bannig oppassen, dat wi uns an den hitten Ketel ni de Finger verbrennen.

So'n Dampmaschin wull ick in'n nächsten Johr ok to Wiehnachten kriegen. Dat heff ick glieks Vadder vertellt. Dor wi ni veel Geld harrn, hett he de Geschenke för uns Kinner meist sülven buut oder oles Speeltüüch wedder torecht mookt. Jedes Johr bitieden hett he dat wedder hinkregen, för uns wat to Wiehnachten torecht to klütern. Ober eene Dampmaschin, nee, de wull he afsluut ni buen. Dat weer em to swoor. Un ick glööv hüüt, he wull dat ok lever ni riskiern, dat uns dat Ding an Wiehnachtsobend ünnern Dannenboom üm de Ohren flöög.

Wintertiet

De Sündag weer för uns immer de schönste Dag, denn dor kunnen wi ornlich utslopen. Vör alln in'n Winter hebbt wi uns denn richtig in uns warmes Bett kuschelt. Ok wenn wi wach weern, sünd wi noch liggen bleven un hebbt de Iesblomen ankeken, de över Nacht dat ganze Fenster hochwussen weern. Eerst as Modder den Oven anmookt harr un dat langsam warm in de Bude wöör, seeg dat ut, as wenn een Iesbloom no de anner an de Fensterschiev rünnerrutschte.

No'n Antreken weern wi ni mehr lang to holen. Wenn dat in de Nacht schniet harr, wullen wi schnell rut, üm nix to verpassen. Neuschnee, dat geev dat ni alle Daag. Ober nu nix wi rut un alle Mann een Schneemann buen. Dorto bruken wi blots een lütten Schneeball hin un her to rollen un schon weer de Kopp fardig. So wörrn ok sien dicke Buuk un de Arms ut Schnee herstellt. Nu hebbt wi noch wat ut uns Pickerbüddel rutsöcht, üm de Ogen un den Mund to moken. Een Brikett weer de Nääs. Mit een Bessen in Arm un 'ne rote Zippelmütz hebbt wi em goot hinkregen.

Immer mehr Kinner kemen rut, un bald weer de schönste Schnellballschlacht inne Gang. Meist hebbt wi uns een Barg Schneebälle op Vorrat mookt, üm den nächsten Angriff aftowehren. So kunn man verhinnern, dat man vun de gröteren Jungs fastholen un dat ganze Gesicht mit Schnee inreben wöör. »Inseepen« hebbt wi dorto seggt.

Eerst as uns Tüüch anfüng, natt to warrn, sünd wi wedder ringohn. Modder hett de natten Kledoschen eerstmal to'n Trocknen an den Kacheloven hengt. Wi kregen jeder een hitten Becker mit Muckefuck to'n Opwärmen. »Na«, sä Vadder, »sall ick ju mol vertellen, as dat fröher een ut miene School bi de Schneeballschlacht ergohn is?« Jo, dat wullen wi weten, denn Vadder kunn immer goot vertellen.

»Fröher geev dat ni so vele Autos, un wi

harrn veel mehr Peer op de Stroten«, fung Vadder an. »Un bi 'ne Schneeballschlacht weer dat denn passeert. Een ut mien Klass kreeg op eenmol een Peerappel in't Muul.« »Un wat hett he dor mookt?« wullen wi ganz opgeregt weten. »Jo«, sä Vadder un griente, »he harr een poor Tronen in de Ogen un mit unklorer Stimm hett he blots noch seggt: ›De blievt nu solang in't Muul, bit de Schutzmann kümmt‹.«

De Donbaßfeigen

As ick in Stalino in'n Gefangenen-Loger weer, heff ick op de Zeche in de Werkstatt arbeidt un de leeg dicht neben den Förderturm. Wenn wedder een Korf mit Kumpeln ut'n Schacht hochkeem, heff ick mi dor glieks an de Siet stellt. De Russen harrn immer de Hosentaschen vull Sünnblomenkerne un so heff ick manche Hannvull vun se afkregen.

Ober dor kunnst ni satt vun warn, denn dat is gor ni so eenfach, de Kerne no'n Knacken mit dat halve Muul fasttoholen un mit dat annere halve de Schluben ruttopusten. De Russen weern dorop spezialiseert, ober mi flögen de meisten Kerne immer wedder mit de halven Schluben tosomen ut'n Muul rut. Ne, dat weer ni dat Richtige, denn dor kreegst jo erst richtig Hunger bi.

Un hüüt, an Wiehnachtsobend, wull ick mi al gor ni dormit tofreden geven. »Dat mutt doch möglich sien, wat Beteres to finnen«, heff ick överlegt. Dor höör ick vun een annern Gefangenen, dat achter de Werkstatt in een Garage so'n Fatt mit inleggt Gurken stohn sull. »Mensch«, dach ick, »wenn ick dorvun een poor in't Loger mitnehmen kunn, denn is Wiehnachten gerettet.«

Mehrere Fruuns stünnen üm dat Fatt rüm un angelten sick dorut ehre Taschen vull. Normalerwies sünd Gurken jo länglich, ober disse weern all rund, wat ick ni begriepen kunn. As eene Fru mi beide Manteltaschen vull Gurken stoppte, kreeg ick dat erst mit, dat dat gor keene Gurken weern, sonnern breetgequetschte gröne Tomoten. De Fru geev mit to verstohn, dat se in'n Donezbecken in de Ukraine de Tomoten al gröön plöcken un se dann in Fässer inpökeln. Dor se vun Inpökeln al halv breetquetscht wörrn, sehn se ut as gröne Feigen. Dorüm nennen wi se scherzhaft: »Donbaßfeigen«.

Ick vertell de Fru, dat bi uns in Dütschland hüüt een besonneren Fierdag is. Dorüm frei ick mi, doch noch wat Godes to Eten to kriegen. Ick wull ehr verkloren, dat hüüt Wiehnachten weer, ober dor kunn se nix mit anfangen, denn in Russland fiert se so wat ähnliches erst no Niejohr. Vun Gott harr se al oft wat hört, ober Jesus, dat Kind in de Kripp? Ne, dat wüß se ni.

As ick ehr mit Hannen un Fööt un een beten Russisch dorto vertell, dat dat ok mit ehrn Gott to doon hett, dor begreep se dat so'n beten. »Jesuskind«, sä ick. »Novi Gott«, reep se, wat soveel heet wi »een nüen Gott geboren«. »Karrascho«, heff ick nickt. »Hüüt Geburtsdag vun Gott sien Söhn.« Nu verstünn se ok, dat disse Wiehnachtsdag wat Besonneres för mi weer un dat ick bi'n Eten vun de »Donbaßfeigen« in Gedanken wedder bi mien Modder un Vadder to Huus weer.

As ick mol de Wiehnachtsmann weer

In de Nakriegstiet weer dat Leven för de Lüüd ni licht. De Städte weern tum groten Deel zerbombt. Jeder hett op siene Wies versöcht langtokomen. Wer dor een Schrebergoorn sien Egen nennen kunn, de hett noch grotes Glück hatt.

Ick denk dorbi an mien Schwoger Günter, de froh weer, dat he mit sien Fru in den Schrebergoorn vun sien Vadder ünnerkomen kunn. De Bud weer tum Glück groot noog. So kunnen se ehre Soken mit den Blockwogen no'n Goorn bringen un in de Bud intrecken.

In'n Sommer weer dat wunnerbor, ober in'n Winter weer dat böös swoor dor hintokomen, denn all de Wege weern verschniet. Woter kregen se ut de Pump in'n Navergoorn un dat ok blots, solang dat keen Frost geev. De Bude kunn blots mit de lütte Brennhex beheizt warrn un dat weer ni licht, ünner den Schnee noch Holt to finnen. Dat weer ne swore Tiet för mien Schwoger, sien Fru un ehre lütte Dochter.

So weern se doch erlichtert, as bi uns in't Huus ne lütte Dachwohnung frie wöör. De Stuven weern man böös lütt, denn dor hebbt fröher de Deenstmädchen vun de Herrschaften binnen wohnt, ober se hebbt sick dat dor gau gemütlich inricht.

Miene Fru un ick wohnten in de Parterrewohnung. Wi harrn to de Tiet noch keene Kinner, un so sünd wi to Wiehnachten geern to de Bescherung no boben ropgohn. Ick weet dat noch as hüüt, as ick dor den Wiehnachtsmann moken sull. Ick wull nix verkehrt moken un so heff ick mi all dat besorgt, wat to de Deenstkledung vun son richtigen Wiehnachtsmann dortohöört.

In volle Montur mit een roten Mantel un een witten Watteboort stünn ick in dat Treppenhuus, as mien Schwoger de Döör opmöök. »Is dat al so wiet?« wull ick vun em weten. Dor reep miene lütte Nichte, de miene Stimm dörch de Döör höört harr:

»Komm man rein, Onkel Heini!« Dormit harrn wi ni rekent un blots mit Möh kunn ick mit dat Lachen verkniepen as ick in dat Zimmer güng. Ganz erschrocken seeg de Lütt to mi rop, as ick vör ehr stünn. Mit depe Stimm fröög ick: »Und wer bist du?« Ganz bang keek se mi an. »Hanna«, sä se lies. »Na, Hanna«, weer ick nu ganz fründlich, »dann wüllt wi mol kieken, wat de Wiehnachtsmann för di mitbröcht hett.«

Jo, so weer dat dormols, as mi de Bescherung fast scheevlopen weer. An manch een Wiehnachtsobend heff ick doran denken müssen. Ok jetzt höör ick dat wedder ganz lies: »Hanna.«

De Holtlokomotiv

As ick in de föfftiger Johrn as Schlosser bi de MaK in Friedrichsort arbeidt heff, weern miene Kinner noch lütt. Dat weer in de Tiet no'n Krieg, wo Arbeit groot un Geld noch lütt schreven wöör. Dor kunn een ok to Wiehnachten keene groten Geschenke moken. Ober wo sullen de Kinner dat verstohn?

So güng ick no »Jacobsen« an'n Dreiecksplatz. Dat weer een grotes Worenhuus, wat later »Merkur« heten hett un denn »Horten«, bit dat dichtmokt wöör. In de Mitt vun den Dreiecksplatz stünn een Sipo op een Podest un regelte den Verkehr. Dat seeg putzig ut, wenn he de Autos un Tweeräder mit 'ne Handbewegung an sick vörbifohren leet. Siene Arms weern immer in Bewegung.

Neven sick harr he een Korf stohn as jedet Johr vör Wiehnachten. Vele Autos fohren bit in de Mitt an den Sipo ran, un de Fohrer schmeten een lütt Wiehnachtspaket in den Korf. Ick heff dor ne Tiet tokeken, bevör ick no Jacobsen ringüng. Dor wull ick mi in de Speelworenafdeelung ümkieken, of ick dor wat Priesgünstiges för miene beiden Jungs ergattern kunn. Ober allns, wat mi gefullen dee, weer veel to düer.

In een Regol stünn ne grote Holtlokomotiv mit dree Waggons. Obwohl se unbetohlbor weer, harr se mi dat andoon. »Kann ich etwas für Sie tun?« fröög mi eene Verköperin. »Ne, danke«, sä ick, »ick kiek blots mal so.« — »Wat för een feines Geschenk för miene Jungs«, dach ick, »ober de kööt wi uns eenfach ni leisten.«

Dor harr ick ne Idee. Bi'n nächsten Beseuk nehm ick vun to Huus een Zollstock mit in dat Worenhuus un heff denn so ganz unopfällig all Maße op een lütten Spiekzettel notiert. Ick müß ober oppassen, dat mi keen vun de Verköpers sehn dee, denn dat weer verboten. »Industriespionage« würr man wohl hüüt dorto seggen.

So heff ick Stück för Stück anfungen, de

Holtlokomotiv in mien Keller to buen. Immer wenn ick wedder wat nameten müß, bün ick mit mien Fohrrad bi Ies un Schnee direkt vun de Arbeit no Jacobsen fohrt. De Verköpers harrn mi langsam op'n Kieker, un ick bün immer gau wedder afhaut.

So heff ick bald de schöne Holtlok mit dree schmucke Waggons fardig kregen. Dat weer ne Freid to sehn, as miene Kinner de veer Pakete ünnern Dannenboom utpackt hebbt. De ganze Wiehnachten hebbt se dormit in de Stuuv rümrangiert. Dat Ding weer ni twei to kriegen. Bit in't nüe Johr weer de Lokomotiv in Insatz. Erst över Sommer keem se in mien »Iesenbohnutbesserungwerk« in'n Keller, üm den nächsten Wiehnachten wedder fohrplonmässig un grundöverholt in uns Stuuv verkehren to könen.

De Dannenboom

Jedet Johr an'n Heiligenobend keem mien Vadder mit den Dannenboom in de Kniep. Mit dat Opstellen vun den Wiehnachtsboom harr he sick immer vertöörnt. Dat mutt sick wohl verarvd hebben, denn mi güng dat ni beter, as miene Kinner noch lütt weern. Dat füng bi mi al mit dat Besorgen an. Vadder hett em jo noch sülven afhaut, ober ick müß een köpen.

Dor de Bööm ni billig weern, heff ick immer bit toletzt dormit töövt, denn an'n Heiligenobend kreeg ick manchmol al een Boom för een Mark. »Freie Auswahl« stünn denn an so'n Pappschild. Vun den lüttsten bit tum gröttsten Boom een Mark. Mien Fru weer dat ober gor ni recht. »Du driffst dat nochmol sowiet«, sä se, »dat wi an'n Wiehnachtsobend mit de lütten Kinner ohn Dannenboom sünd.« – »Bit jetzt hebbt wi noch jeden Wiehnachten een Dannenboom hatt«, kunn ick se beruhigen.

Ober den een Wiehnachten weer ick dor doch mol böös mit anlopen. As ick namiddags Klock veer, een Stünn vör de Bescherung, op'n Exer keem, weern alle lütten Bööm weg. Blots noch fief bit teihn Meter hohe Soolbööm stünnen dor, de fief Mark kussen sullen. De wull ick geern utgeven, denn ohn Dannenboom dörv ick ni no Huus komen. »Mensch«, dach ick, »de geiht mehr as tweemol in uns Stuuv rin, wat sall ick blots moken.«

Ick wull al bigohn un een poor Dannenäste op'n Hupen packen, üm mi sülven een Boom trecht to basteln. So as wi Landser dat in Russland ut de tweigeschotenen Bööm mokt hebbt. In'n Keller wull ick verseuken, Löcker in een Bessensteel to bohren un de Äste dorin to steken. Ober dat harr ick wohl in een Stünn ni mehr hinkregen.

Op eenmol keem een Kerl mit so'ne grote Tann no mir ran un fröög mi, of ick ok een lütten Wiehnachtsboom seuken dee. »Jo«, sä ick, »wat'n Schiet, wenn ick mit so'ne

Urwaldtanne an Loden koom, schmitt mien Fru mi glieks wedder dreekantig dormit rut.«

De Kerl harr ne Idee: »Wüllt wi uns ni beide mien Boom delen? Du giffst mi twee Mark föfftig un kannst dorför dat unnere Enn kriegen.« – »Dat unnere Enn?« fröög ick. »Wo sall ick dor denn een spitzen Dannenboom ut moken?« – »Kannst em jo anners ümdreihn«, wull he mi wiesmoken. »So'ne Bööm, wo de Zweige rünnerhangen, giff dat in'n Wald ok. Dat süht ganz natürlich ut.« – Ick sä: »Worüm nimmst du dat Enn ni, wenn dat so natürlich utsüht?« – »Ick heff di jo blots fraagt«, sä he, »bruukst dat jo ni to nehmen.«

De Dannenboomverköper meen ok, dat sick ut dat ünnerste Enn noch wat moken leet. He weer glieks mit de Soog dorbi un soog em halv dörch.

Wat sull ick nu moken? Een Dannenboom müß ick hebben, un so tröck ick an'n Enn doch mit den halven Boom för'n halven Pries, de utseh as so'n opgespannten Regenschirm, no Huus.

Mien Fru sull em ober ni sehn. Ick nehm em glieks mit in de Waschköök un heff em dor hinfrisiert. In de Wohnstuuv heff ick denn de Siet, de ni richtig wat worrn is, in de Eck dreiht un all dat annere mit Lametta, Kugeln un Engelhoor utglecken. Wat seeg he doch blots komisch ut. Je mehr ick an em bammeln dee, je schever wöör he. Ober as ick de Spitz boben an den dicken Poller fassmöök, dor weer de Wiehnachtsvogelscheuche fardig.

»Oh ne«, sä mien Fru, »wo kunnst du di blots so'n Krüppel andreihn loten?« Uns lütten Söhn ober hebbt dorvun ni veel mitkregen. För se weer dat een schöne, strohlende Wiehnachtsboom, vör den se mit glänzende Kinnerogen sitten deen.

Ick heff ober doch insehn, dat dat in'n nächsten Johr anners warrn sall. Mien Fru heff ick dorüm fast versproken, dat, wenn ick den Kerl in'n nächsten Johr wedder op'n Exer drepen do, ick för twee Mark föfftig dit Mol dat bövere Enn mit no Huus bring.